阿土手记

阿土 著

羊城晚报出版社
·广州·

图书在版编目（CIP）数据

阿土手记 / 阿土著. — 广州：羊城晚报出版社，

2025. 6. — ISBN 978-7-5543-1394-7

Ⅰ. I267

中国国家版本馆 CIP 数据核字第 20254BU413 号

阿土手记

A TU SHOUJI

责任编辑	廖文静
特约编辑	赵碧霞
责任技编	张广生
责任校对	杨　群
装帧设计	友间文化
出版发行	羊城晚报出版社
	（广州市天河区黄埔大道中309号羊城创意产业园3-13B　邮编：510665）
	发行部电话：（020）87133053
出 版 人	陶　勇
经　　销	广东新华发行集团股份有限公司
印　　刷	广州市岭美文化科技有限公司
	（广州市荔湾区花地大道南海南工商贸易区A幢）
规　　格	787毫米×1092毫米　1/16　印张14.5　字数120千
版　　次	2025年6月第1版　2025年6月第1次印刷
书　　号	ISBN 978-7-5543-1394-7
定　　价	88.00元

灵魂却如此任性

常常试图在现实与幻境之间自由地穿梭

目录
CONTENTS

旅途

行者

飞翔

海洋

点滴

阿土手记

无关时间

日历还显示着深秋的时节，嫩叶却在宣告它的早春已经到来。

叶片完全地感受着阳光的能量和微风的温度，每一条细小的叶脉深处，都流淌着鲜活的生命。

金色的朝阳渗透绿叶的肌肤和骨髓，将其中蕴含的生命的光辉，这每一寸细节里掩藏的风景，用光影放大，呈递给凝视的眼神。

而时间，人类擅自发明的用来计算光阴流逝、划分年月与季节变换的工具，已变得无足轻重。这一刻无关时间的时间，竟似经久不衰的永恒。

夜

　　夜深了，所有的纷扰都已经远去。黑暗包裹着一切，万籁俱寂。

　　静夜的灯盏里，小小的蜡烛默默地燃烧着。没有声音，只将这微微跳动的金色火焰深深地映在瞳孔里。夜，黑得越深沉，这火焰就越是明亮，又从全神贯注的凝视中反射出全新的流光溢彩。

　　没有言语，也无需言语。

　　呼吸如此平缓，几乎只能听见心跳、脉搏和血液在脉管里奔流的声音。

　　世界沉静而安宁，就连时光，仿佛也变得脚步凝滞，陷入了冥思。

花期

　　低矮灌木的狭缝间泄漏的阳光，跌落在完全绽放的花朵上。嫩绿的花茎托起细长的白色花瓣，碧绿的花柱迎着阳光，将深黄的花蕊高高举起，仿佛在朝着整个世界宣告它那灿烂的花期。

　　小小的世界。

　　在时光的长河里，人的一生就像花开花谢一样转瞬即逝，人们甚至不曾有过片刻辉煌，就在波澜不惊的岁月里不为人知地悄然度过。

　　偶尔会问起，却从未真正回答：这短暂的人生究竟有何意义？莫非只为莫名向往，却又总在刹那间就会逝去的某些时刻？

霞

光线逐渐黯淡，天空越发深邃而神秘，夜幕即将降临。

夕阳已经坠落到山的另一面，却将金光漫撒，掀开了深沉厚重的蓝天大幕。

山顶上空的深蓝被金光熔化，演变成金黄、紫红与紫蓝的霞，浸透了天边层层叠叠的云。

黑黢黢的高压塔屹立在植物茂密的山顶上。这些素来生硬冷峻的铁塔，在绚丽的霞光中，竟也变得活泼起来。一丛丛强劲的高压线，将其中蕴含的巨大张力变幻成柔和而夸张的并行的弧，伸展在惊心动魄的云天里。

飞翔

　　你是否也曾想象，在一望无际的大海上，自由地飞翔？

　　无论是否贴近现实，梦想是伟大的，这是自然赐予人类的最重要的特质，是人类得以跃居万物之上的神性所在。

　　在岁月无情的变迁中，人生的轨迹飘忽不定，犹如航行在漫无边际的大海上，总会有风浪，总会有黑暗，总要面对无法确定的方向和无法预知的未来。也许会恐惧，也许会迷失，却不要忘记：梦想是领航的明灯。

　　卸下桎梏，敞开心胸，挥动梦想的翅膀，就这样勇敢地、尽情地翱翔吧。

点滴

轮回

　　南方的春夏之交，仿佛总在一夜间突如其来，凤凰木所有的枝头都绽放出火红的花朵。

　　它们昂然屹立，朝着最能沐浴阳光的方向盛开，又将它们吸取的阳光雨露转变成热烈的激情，形如燃烧的火焰，重新迸发。夏日里骄阳的炙烤与暴雨的击打，都不能削减这奔放的热情。而当炎热日渐消退，秋凉即将到来之际，尚未凋谢的花朵便已纷纷脱离枝叶，落红满地。

　　凤凰花开的季节总是如此激情澎湃，它们来来去去，就是将自己完全燃烧，彻底地交还轮回。

灶台

大大小小的柴禾哔哔剥剥地燃烧着，时而还蹦出清脆的爆响，有些在延续着火焰，有些已经化作灰烬，有些转而变成了红透的炭。

冰冷漆黑的灶膛变得炙热而绚烂，将脸庞映得通红。时而多时而少地添着柴禾，热情的火焰欢快地跳跃着，时而猛烈时而柔和。温暖的气息渐渐充满整个厨房，驱散了空气中浓重的湿寒。

长柄铲瓢在灶上的大锅里乒乒乓乓地翻动，菜香迅速弥漫开来。柴禾的烟熏味与热气腾腾的饭菜香混合缭绕，就汇成了冬日里浓郁的温馨。

点滴

白莲

初升的朝阳将柔和的金光洒在水面盛开的白莲花上。

嫩黄的花蕊在阳光的照耀下更显鲜艳，但它与深绿的叶片一样，都只是陪衬，最为突出的却是纤尘不染的白色花瓣。阳光未曾改变白的色温，只是将它烘托得更加醒目。

纯黑和纯白处于像素的两个极端，摄影师们常常把它们作为极致简单的背景，借以突出场景中的主体。

然而，在白莲花的世界里，一切变幻的丰富的色彩却都退居背景，常常被作为底色的纯粹的白，才是画面中无可替代的主体。

春天

在缺色的深冬里，幸存的叶子也已经干枯，表面覆盖着黄褐与灰白的色泽，显得斑驳粗陋。

世界还在萧瑟中沉睡，尚待觉醒。

然而有些枝丫上，新生的花苞已悄然形成，虽然还满是青涩的意味，却已经透露出早春娇艳的嫣红。

含苞欲放的小小花骨朵与严冬抗争，在凛冽的寒风和冰冷的雨雪中倔强地成长。稚嫩的花瓣紧紧包裹，尽力遮护着柔弱的花蕊，只待初春到来、稍有暖意之时就要将她释放，就像释放万物凋零的寒冬里迫不及待的春天。

新芽

　　乍起的和风拨动细细的雨线，拉开了春天的序幕。它与残冬的寒意缠斗不休，就形成了南方连绵的梅雨季节。

　　初春的暖意到底还是柔弱了，雨水似乎不再清冷，却仍然透露出一种难以名状的来自冰天雪地的彻骨之寒。

　　刚刚经历过寒冬的煎熬，枝头残存的叶片所剩无几。

　　也不知何时，新芽仿佛凭空就冒出来了似的。在铅灰色的天空和老旧砖墙构成的潮湿、阴郁的背景里，新芽的嫩绿显得更加突兀。它如此稚嫩，却在清风冷雨中毫无绊滞地迅速成长着。

点滴

枫叶

从落叶开始飘零的秋天起，直至万物凋零的深冬，枫叶渐渐红得透了，枫树就到了最灿烂的季节。它们伫立在干枯萧瑟的树林中，如同燃烧的火炬。

枫叶若是成熟，即使离开大树，无论落在哪里，或碎作尘泥，或干槁枯萎，抑或驻留书页，直到最后，这深沉的红都不会褪去。

飘落山泉的枫叶置身卵石间，颜色依然，身边匆匆而过的，只是流年一般的水。而当目光注视到这厚重经年的颜色，耳边就只剩下潺潺水声，身边匆匆而过的，只是水一般的流年。

它的春天（一）

　　不知何时，残冬遗留的枯黄草地忽然就变得绿油油了，清新、鲜艳而明亮，树木也纷纷亮出新绿的芽。田野、草丛、灌木、树林，甚至路边，随处可见五颜六色的鲜花，在阳光下尽情地绽放。

　　温暖的春天充满颜色，一切都焕发着勃勃生机。

　　这些小树并不开花，甚至不曾更换新的枝叶，只索性将树梢上的叶片连同叶茎都染得通红，直如燃烧的火焰一般伫立在微风里。它们用自己独有的方式诠释属于它们的春天，相比争奇斗艳的各色鲜花，也毫不逊色。

点滴

它的春天（二）

牡丹是花中的王者。在人们的印象里，盛开的牡丹，必定是极尽奢华的大红大紫与雍容华贵。

很难想象，牡丹丛中竟还存在着这样的一支。

层层叠叠的纯白花瓣已经彻底舒展，容光焕发的黄色花蕊围成圈，簇拥着中央尚未完全绽放的嫩黄花芯。

它在满目艳丽繁复的牡丹丛中，自顾自地释放它那简单的清新与勃发的生机，更是出落得纤尘不染。却又似乎是有意如此，它偏偏就是要以这种铅华尽去的清丽之姿，傲立在花开富贵的繁华似锦里。

它的春天（三）

　　阳光灿烂，晴空万里，鲜花、青草和着泥土的气息在山谷中蒸腾而起，期待已久的春天终于回来了。

　　薰衣草完全开放，铺满了整个暖意洋洋的山坡，在紫色的主旋律中，白色也处处点缀着。细长的花茎骄傲地伫立着，枝叶都是清新的嫩绿色，紫色的白色的花瓣全都彻底伸展开了。

　　不知来自何处的蝴蝶在花丛里穿梭忙碌，寻觅着花粉，从这一枝飞到那一枝。忽然，一阵和风如无形的大手拂过山坡，在花田里掀起层层波浪，就将它们惊得全都飞起来了。

它的夏天

　　盛夏，雨来得突然去得也突然，刚刚经历过滂沱大雨的洗礼，顷刻间就恢复了平静。

　　干燥的空气变得湿润了，炎热也被雨水削减，雨珠流连在一尘不染的花瓣上，久久不曾散去。

　　花瓣边缘是深紫的，越往里，颜色反倒逐渐淡去了。嫩黄花丝支撑着的紫色花蕊围成圈，中央赫然簇拥着炫目的金黄花芯。

　　很难想象，就在这样一汪浑浊的沉闷乏味的池塘中央，向来沉静的睡莲，在花开的季节里，也会如同燃烧的烈焰一般，迸发出如此猛烈的激情。

月圆

　　夜已深，地面的灯火逐渐稀疏，高大乔木的树叶只在余光中呈现出隐隐约约的剪影，随着温和的风微微地摇曳着。

　　夏末的白天依然以炎热烘托着喧闹，晚风不知是从哪里传来的，散发着秋季的干爽与夜间的寂静。

　　金黄的圆月高悬在遥远的外域，却完整而清晰地展现在眼前，将这无法丈量的夜空衬托得越发幽深静谧。

　　深沉的夜色消除了所有的杂质，圆月用光芒遮蔽了所有的星星，制造出几乎没有内容的背景，就构成了它独自拥有的极致简约的突兀。

月夜（一）

　　不计其数的鳞状云块漫天展开，被风梳理得整整齐齐，在空中铺就满满一层。月亮在遥远的天际缓缓升起，微弱的光芒渗透云层间隙，朦胧的月影在空中移动。

　　云向东飘，月往西走。

　　大风转向，云层就乱了阵型。圆月终于在云的薄弱处显露真身，越发明亮的冷光与浓墨重彩的云扭打在一起，仿佛要将它击碎。夜越深沉，月光就越强烈，云层却变得松散稀薄，天空就渐渐地开朗了。

　　至午夜时分，云层尽散。只见晴空皓月，光华尽洒，天地一片清明。

月夜（二）

云层压迫着大地，将月亮与繁星的光芒完全阻隔在暗夜之外。

直到大风骤起，撕开厚厚的云，拉出大大小小散乱的空隙。原来，一轮皎洁的圆月早已高悬，就在云层之后。

强烈的冷光将云的稀薄处击溃，宛若洞开虚空。仿佛当仁不让地，圆月就挺身而出，直接屹立在云层之前了。月光到处，便将夜空点亮，将那泼墨狂草一般的浓重云彩，打造成如梦也似的幻境。

大风用力，圆月用光，在乌黑厚重的云层中打开了通往深邃外域，那无限远方的道路。

雨夜（一）

　　厚重的云层将夜空笼罩得严严实实，海湾失去了平常夜间所有的颜色。

　　毫无征兆地，闪电在头顶劈裂乌云，在绚烂的瞬间亮出真容。雷暴接踵而至，将沉闷的巨响砸向大地。直接跨过小雨到大雨的过程，倾盆大雨突如其来，酝酿已久的暴雨终于降临。

　　密集的雨线在灯光下显得更加粗犷，强劲的雨点撞得树木和地面轰轰作响，水花飞溅。

　　在电闪雷鸣的序曲中，暴雨奏响宏大的乐章，惊醒了沉睡的海湾。海浪开始起伏，坚固的海堤仿佛变成了飘摇的船头。

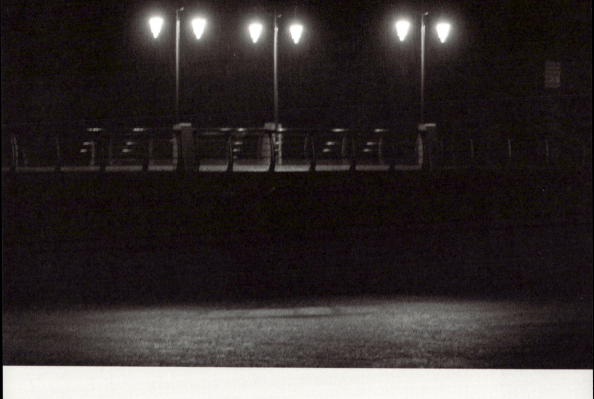

雨夜（二）

　　雷暴渐行渐远，雨点却更加强劲地击打着大地，密密麻麻的水花高高溅起。

　　几乎没有风，也许是雨线过于快速、密集而沉重，竟容不得风在其中自由地穿梭。

　　空气中水汽充盈，却不曾泛起在盛夏的大雨中常见的扑鼻而来的尘土的气息。落叶残枝、砂石尘土还未来得及趁势跃起，就被连续不断的狂暴雨点生生按在地面，被雨水汇成的洪流席卷，朝着大海涌去。

　　滂沱的雨，终于引发整个海湾全副身心的共鸣，就连浑厚沉静的海面也变得激荡汹涌。

雨夜（三）

雨伞几乎把持不住。雨点轻易击穿伞布，重重地打在脸上，竟还有些麻麻的痛。

奔流的小河漫过脚踝，传来盛夏里罕见的清凉，这是尚未来得及消散的高空之寒。

雨势太大了，这不同寻常的海湾之夜已无人问津。身处其中，却在铺天盖地的雨幕中获得震撼，不由得挺直了腰。

灯柱被雨雾包裹，在暗夜中显得有些模糊，而光线却越发明亮。这片天地在暴雨中轰鸣，整个海湾充满喧嚣和躁动，唯有那坚定的灯光，穿透重重雨幕，散发着莫名的宁静与安详。

点滴

守望

夜渐渐深了，大海就匍匐在不远处的黑暗中休憩着。炎热已经褪去，潮水还在反复舔舐余温尚存的海滩，将有节奏的细细的沙沙的涛声送到耳边，就像微微的柔柔的催眠曲。

寂静如无形的烟霭从四面八方升起，慵懒顺势就铺洒开来。睡意却不曾涌起，似乎这平常的盛夏之夜随意赐予的静谧时光竟如此宝贵，以至于不舍得将它睡了去。

就连金黄灯光里小小的人偶也都齐齐就座了。它们神采奕奕、静静地守望着，仿佛在聆听说书人讲述奇妙的故事。

点滴

相依

　　天色逐渐暗淡，海天之间的分界线在藏青色的暗影中还依稀可辨，波澜不惊的海面泛着平缓而均匀的波纹。

　　金黄与橙红渐变的夕阳低悬半空。阳光已经褪去了午后的炫目，还在将最后的粉色柔光温和地散播在天空和海面。

　　随着冬日暖阳的落幕，空气中尚存的几分暖意也被抽了去，凛冽的寒意几乎是立刻就占满了整个空间。

　　大船静静地停泊着，舱室里已经亮起了灯，等待着夜的降临。与它相依相伴的，是那颗仿佛近在咫尺的遥远恒星和它最后的光辉。

树林

　　高高的乔木将目光牵引到纯净的天空。没有云，天空就凝固成了深蓝的背景。

　　树干只有高处在微微摇晃，细碎的树叶就都是活蹦乱跳了，从半空传来窸窸窣窣的声音。

　　初秋的风延续着夏末的温热。空气清新，却没有青草和花的芳香，缺水的土地干旱而坚硬。秋天的干燥已经传递到了树皮表面，灰白的树干上散布着深褐色的粗陋的结疤。

　　随着金黄的斜阳西沉，在树干上缓慢移动位置的斑驳的影子，是枝叶的映射，它们活泼地跳动着，吸引着目光的追随。

新春

　　细雨漫天飘洒，无声地浸润着干涸的大地，深冬的寒意尚未消散，春天已油然重生。

　　勃勃的生机随着雨水渗透每一寸泥土，又转化成新的绿意，从田野间、树林里、山坡上、溪谷深处蒸腾而起，充盈在缭绕的云雾和湿润的空气中。

　　当人类被限制活动，自然立即展现出更强大的修复力。跟以往很多年都不同，这个春天来得格外隆重，她将掩藏已久的野性和热情完全释放，绿意就漫山遍野地喷涌而出。

　　这片土地焕然一新，仿佛从未经历过焦枯失色的冬天。

完满

与青松翠柏相伴，头顶无边无际的蓝天，面朝波澜壮阔的大海，墓地常见的荒凉、阴郁与肃杀大为消解。逝者长眠于此，也许会觉得安慰吧。其实，觉得安慰的恐怕只是生者。既已远离尘世，又怎会眷恋这些景象？

逝者已矣。所有的仪式与哀伤，就如同墓园，是生者的寄托，更是生者为生者建立。

人生苦短，斯人已去。

反观自身，在这变幻莫测的世间，是否时刻力求生命完满？是否已毫无畏惧，为随时放下生命、迎接死亡的可能，做好了充分的准备？

无关时空

　　曾经以为，记忆清晰而连续，就像电影的回放，与原本存在过的情境一样生动。

　　事实却并非如此。

　　即使保留得十分深刻的记忆，也逐渐被琐碎生活的尘埃层层掩盖，断续的联结更是烟消云散，只剩下一个个简短的痕迹，还能在某些不经意的瞬间，电光石火般在脑海中呈现出清晰的轮廓。至于细节，或许早已模糊，甚至面目全非。

　　于是，无论精彩还是普通的照片或文字，都有可能变得弥足珍贵。它们跨越时空，掀开记忆尘封的角落里那些无关时空的故事。

旅途

行者

　　湛蓝的晴空阳光清朗，飘荡的云团将行走的阴影投向起伏的大地。

　　公路穿行在鲜花盛开的草原，跨越流水潺潺的小河，蜿蜒在山丘之间，时隐时现，最后投身远处的峡谷。

　　在盛夏时节顺着道路辗转高原草地，却是经历了春夏秋冬。广袤的原野人烟稀少，偶有车辆擦肩而过，又在后视镜里迅速缩小，消失得无影无踪。

　　人类是群居的动物，却又常常是孤独的行者。就像这一路走来，常常身处无人之境，驻足四顾，只见天空大地、山川河流、云雨阳光。

一棵树

人们常说，要逃离城市的喧哗。如今就连名山大川、古城古镇都被商业冲击得混乱不堪，哪里还有清静可寻？

然而真正的清静之地，恐怕无所谓城市乡村，无所谓人群独处，甚至无所谓大地天空，只在心中。心若清静，身处浊世也是清净；心不清静，躲进崇山峻岭恐怕也无法清净。

形，终究无助于神。

古镇已老，村口桥边。盘根错节的大树已历经千年，春生夏荣，秋瑟冬枯，只是默默注视着溪水的潺潺流淌和古镇的风雨变迁，日复一日，年复一年。

一座桥

　　两座小桥并肩跨过一条河。平坦的水泥桥可以行车，实用却毫无美感。

　　年代久远的石拱桥以青石板铺就，只能步行。桥身藤蔓缠绕，缝隙中野草丛生，显然是用得很少。这是数百年前贡生捐给乡里的桥，依然屹立不倒。

　　虽然夏日炎炎，桥头绿树成荫也就不觉得燥热。一个男人带着两个孩子在这里玩耍，孩子跑上跑下，在青石板斜坡上打滚溜滑梯，间歇就赖在树下的草地躺着躲阴凉。那男人也不言语，只是默默照看着。

　　艳阳高照，流水潺潺，古桥依旧。

一条河

　　群峰环绕的宽大河谷地势平坦，这条河却偏偏要蜿蜒前行，生生凿出一条弯弯曲曲的河道。当地人说这条河的形状就像草书，还有一些神话故事也讲述着这里有利于生命延续的证据。

　　神话传说往往超越历史，寄托着人类的期望与想象。地理生态的影响，远比文字和故事的流传更久远深刻。

　　暴雨过后，只是河水变得浑浊，水势依旧。整个河谷随着阴晴雨雾迅速变幻，犹如鲜活的巨幅画卷。这条河兀自在平原迂回，慢条斯理地潜入峰峦叠嶂中去了。

夏日春山

这里的海拔超过四千米，时处盛夏却依然寒气扑面，可以想象，秋冬季节将是何等苦寒。

但此时此刻，此处并非苍凉之地。郁郁葱葱的山坡绿意盎然，覆盖着厚厚的草丛和密集的灌木，五颜六色的鲜花漫山遍野地盛开着，小溪潺潺流淌其中。笔挺的乔木虽然不高，但也枝繁叶茂。

忽然，云雾从山谷蒸腾而起，不多时就将面前的群峰绝壁合围，只稍远处就已经一片朦胧。原来，炎炎夏日里独特的春天，就是这样掩藏在与古城遥遥相望的大山云海深处的。

旅途

一朵花

　　低矮的树丛之下，紫色的小花悄然绽放，枝叶间渗入的阳光将它穿透。

　　若非偶然的注视，已将它略过。

　　就像在平凡的日子里，总有一些时刻值得以特别的感动去回味。那时候，心灵清澈，喜悦丰满。或许当时，只是自然而然地发生，又自然而然地过去，甚至可能不曾被察觉。

　　但它们竟能烙入心底如此深刻，又往往在无可防备的不经意间，从尘封的记忆里突兀地跳出来，就像被阳光穿透的鲜花一样迸发出绚烂的光彩，顿时照亮了心灵的整个空间。

旅
途

无题

　　风在空谷撞起回声，冷峻的山沉默无言。

　　生硬的山脊和陡峭的山坡沟壑纵横，植被稀疏。漫山散落的灌木并未展现出新的活力，反倒更添苍凉，就连盘旋山腰的公路桥，也在崩塌的斜坡上显得岌岌可危。

　　贫瘠的土地构成缺色的粗糙，是这片干旱河谷的主旋律。深黄的大江在幽深的谷底潜行，江水浑浊，却悄悄孕育着独特的绿洲。

　　强劲的风撕扯着形状变幻不定的云，拉开一片又一片蓝天。一缕阳光从云层缝隙跌落，突然就点亮了山顶小小的村庄。

同类

　　这里是三省交界的大山深处，或许因为太过偏僻，道路崎岖艰险，来往的人和车都极少。越往里走，道路越坎坷，越是人迹罕至，而独特的风景就掩藏在前方群山环抱的幽深河谷里。

　　不知这位骑行者从哪里来，要到哪里去。看他的来路和去路，并没有发现同行者。这样的人，在这样的道路上独行，看来这是同类了。

　　人们常常在寻找同类。

　　其实同类并不需要刻意寻找，而是分别以各自的方式行走在各自的道路上，当道路交会时，自然就会遇见。

复原

  深黄的大江在群山中蜿蜒曲折，沿岸的道路百转千回。越往大山深处越是人烟稀少，小路更是崎岖难行。

  这张照片的后期，重现当时所见、恢复它的本来面目并不容易，无论怎么处理都觉得别扭，盯着照片慢慢回忆才幡然醒悟。

  原来，这片土地如此贫瘠，植被匮乏，甚至到了缺色的程度。浑浊的河水、崩塌的岩石、松散的流沙和飞扬的尘土就是这条河谷的主色调。满目苍凉的大江沿岸，与纯净的蓝天和洁白的云在一起，看上去竟如此格格不入。

奇迹

　　山坡和山顶，无论地势平缓还是陡峭，高压塔坚定地伫立着，巨大的塔身扛着沉重的高压线，在阳光下反射着银色的光芒。

　　漫长的高压线跨越群山，时而在蓝天闪耀，时而融入白云。

　　进山开挖掘机的小伙说，高压塔的搭建是由骡马将部件拉到指定位置，工人一件件架起来，再爬上去布线的。

　　难以想象，这些飞越群山的高压线是如何布成的，直到远远望见一个人坐在塔顶的横梁上，穿着深蓝工装的身影仿佛已经与塔身融合，一起镶嵌在幽深的蓝天里。

传播

　　蓝天白云的晴空下，一座座银白色高压塔，肩扛着漫长沉重的高压线，屹立在层层叠叠的群山中。

　　高压塔在群山之间显得小巧，但这一道道雪白而充满张力的粗犷的弧跨越山岭，飞渡河谷，步步前行，一直延伸到云端天际。它们带着横空出世的突兀，在骄阳下闪耀着夺目的光芒，在人迹罕至的崇山峻岭中显得尤为醒目。

　　人类的躯体堪称孱弱，却以无可匹敌的创造力，将传播电和文明的线条，用这种势不可当的生猛手法展现，甚至夺取了山川河流的风采。

旅途（一）

　　就摄影而言，这绝不是一张好照片，可旅途就是这样变幻莫测。

　　长途跋涉，天朗风清景美或许最好，枯燥乏味甚或险恶危途也在所难免。

　　穿行在深山小路，不知哪里来的乌云，忽然就将头顶掩盖。暴雨夹杂着冰雹倾泻而下，打得车身玻璃噼啪乱响。雷暴轰鸣声中，闪电仿佛就在窗外，炸裂出炫目的白光，在昏黑的半空撕开巨大的裂缝。

　　车轮在碎石泥浆里冲撞，车身不断地颠簸弹跳。完全无法取景，只能尽力稳定身体，依赖直觉拍下了这样的画面。

旅途（二）

　　沿着崎岖小路辗转穿出大山深谷，继续盘旋而上，不知不觉豁然开朗，已走上群峰之巅。前方急转大弯之后，仿佛就要踏入云海。

　　云层向远处聚积，那里的天空就变得幽暗了。西沉的斜阳在低矮的云层之下，将最后的光芒仰射而出，空气中就泛起了粉红的色彩。

　　强劲的风在山体之间、幽谷深处肆意冲撞，群峰只是默然屹立。

　　在这样的道路上，发动机的轰鸣和轮胎撞击地面的声音实在太过多余，不由得放慢了速度，唯恐惊扰沉睡的大地和寂静的天空。

旅途（三）

　　大山小路崎岖难行，夏季的暴雨、塌方和滑坡使得原本就复杂的路况更是雪上加霜。刚刚还穿行在暴雨笼罩的深谷，仿佛突出重围似的，眼前一空，忽然就盘旋在山顶的道路上了。

　　雨后的云变得稀薄，寒风就拉开了一片天空，斜阳的余晖在道路和山丘铺洒着粉红的光泽。前方却阴云密布，压迫着远处的群峰，将它们团团包裹，又在酝酿着另一场暴雨。

　　夜幕即将降临，前方并非坦途。缺氧的发动机绵软乏力，却唯有努力向前，继续朝着未知的道路行进。

旅途（四）

　　盘绕群山的道路在海拔四千多米的峰谷间迂回宛转，常常看不到前方的道路。山里的滑坡和塌方多，两百多公里的路程走走停停，临近傍晚还只在山巅盘旋。

　　高原的天气变幻莫测，晴时气温炎热难当，一阵遮天蔽日的暴雨和冰雹毫无征兆地袭来，瞬间就变得寒气逼人。

　　暴雨忽然就过去了，冰雹也不见了踪影。

　　刚刚打开车窗，稀薄的带着冷冽湿意的空气忽地灌了进来，单薄的衣衫毫无抵抗能力，顿时一个激灵，将长时间辗转跋涉的倦意一扫而空。

旅途（五）

两城之间只有二百多公里的山路，道路的崎岖坎坷却超出想象。眼看天色渐晚，却还只在山巅绕行，前方总是只有看不到尽头的盘山小路。

　　突如其来的暴雨，不知何时忽然又停歇了。深谷的雨雾迅速消散，对面连绵不绝、层层叠叠的群山，只在转瞬之间就变得清晰起来。

　　大团大团浓郁的云被西沉的夕阳映得金黄，直如燃烧的烈焰一般，压迫着积雪皑皑的最高的山峰。最为厚重的云团仍在奋力聚拢，直至将顶峰紧紧包裹，尽情地融成一体。

空谷

连绵的丘陵向远方伸展，直到与云海交会的天际。云团聚散间，强烈的阳光洒落，将苍茫草原蕴藏的鲜活呈现。

平缓的山坡构成宽大的空谷，鲜绿的深绿的草地上，没有树，只铺洒着稀疏或密集的灌木。雨雪汇成的溪流在草地蜿蜒游走，闪闪发光。羊肠小道划开灌木，只转个弯，又消失在丘陵之后。

偶有人类的帐篷出现，散落在如此广袤的空间里，渺小得不值一提。

　　高原仿佛驻留在永恒的沉默中，就连强劲的风扫过这片空寂的大地，也不曾激起回声。

春天

简单的碎石小路在海拔接近五千米的原野上蜿蜒起伏。

云层就在头顶聚散离合，有时云散天开，有时阴云密布，有时一边细雨霏霏一边艳阳高照，有时甚至毫无征兆地泼下一阵密集的细碎冰雹，霎那间就铺了满满一地，而雨雪却又总在转瞬间消融在泥土里。

高原的天气变幻无常，即使在盛夏时节也随时可能陷入苦寒境地。

神奇的黄色小花却在此时盛开着。它们遍布草地、土堆、碎石缝隙，甚至伫立在冰冷的水洼里，倔强地坚守着它们独有的短暂春天。

思乡曲

云层聚了又散了，天色暗了又亮了。

雨雪来了又走了，道路湿了又干了。

空气稀薄，寒风凛冽。冰冷的雨雪融入土壤，却滋养着茂盛的灌木、蓬勃的青草和怒放的鲜花。

云团汹涌如潮，几乎压迫到天际起伏的地平线。那里，总是只有连绵的群山。

道路在静默的丘陵和山谷之间迂回宛转，不曾有过起点，也从未有过终点。沿着道路不断前行，只见风云大地，变幻无穷。

钢琴弹奏的思乡曲在耳边回荡，脚步却踏着无尽的道路，走向了更远的远方。

甘泉

高原天气变幻之快超出想象。

冰雹尚未停歇，密布的云层就已经敞开一片蓝天。光秃秃的山头和灌木密集的缓坡，在阴晴更替中变换着颜色的深浅。

盛夏时节本是高原的春天，频繁降临的雨雪却让这里的环境时时重回艰辛。黄色碎花遍布的草地上，报春花伫立在草丛和碎石间，柔弱与顽强并存的生命在寒风中摇曳。

断续的雨雪浸透土壤、渗出溪流，又在贫瘠的土地汇聚成新的生命之源，就像人们历经的苦难，却常常能转变成润泽心灵的甘泉。

旁观者

　　路在脚下，在未知的起点和终点之间迂回曲折，穿过村庄，没入远处的群山。

　　云团聚散离合，蓝天时隐时现，阳光在山坡行走，形成明暗相间的投影。

　　高压塔默然屹立，承载着高压线，一直延伸到连绵不绝的山岭中。

　　安静的流水在坚实的土地凿出河道，渐行渐远，潜入大山深处。

　　一切都在变幻着，无一刻停歇。

　　而时间，这个冷漠的旁观者，就像这高原大地上无声无息的风，在天空与地面，在头顶与身旁，在黑发与白发间隙，毫不停顿地悄然掠过。

旅途

无言

阳光明媚，空气清冷而纯净。天空展现着高原独有的深蓝，白云悠悠。溪流清澈见底，树木绿意盎然，怒放的鲜花撒满厚厚的草甸。

陡峭的雪峰从群山脱颖而出，傲立云层之上，遥遥相望却又近在眼前。

身处书中的故事之地，却背不出书中那种深情款款的话语，更写不出饱含意境的诗词。忍不住想要张口赞叹，却词汇贫乏，竟不能言语，徒留许多无奈。

幸好还有照片和文字，一路收取着白天黑夜、云雨阳光，又一起翻山越岭，走进了高原的春天。

相惜

　　白云从群山雪峰向近在咫尺的天空涌动。云层离散间，刚烈的阳光倾泻而下，所到之处温度骤升。

　　空气稀薄，植被珍贵，高原苦寒之地缺乏缓冲，就连春天来得也是如此生猛。疯长的草甸万花齐放，大地一片欢腾。

　　贫瘠的土壤中蛰伏已久的强悍的生命力，在这独特的短暂春天迫不及待地喷涌而出。

　　热情激荡的野性与清冷柔和的理性不可思议地融为一体。也许是历经万千轮回的纠缠争斗却始终未分高下，早已惺惺相惜，直至最后难分难舍，竟相得益彰。

神殿

平常的盛夏却是高原的春天。沐浴着明媚的阳光，鲜花漫山遍野地完全绽放了。碧绿清澈的湖水边，空气稀薄纯净，湿润而清冷。

雪峰就在对岸，高耸在蓝天白云之间，却又如此接近，已是触手可及。

若非宗教信徒，恐怕很难记得准这些神山的名字和它们被赋予的崇高含义。可是，刚刚走进高原湖泊和雪山的怀抱，大气磅礴的瑰丽与直透内心的宁静揉在一起，便猝不及防地劈面袭来。

心灵被自然以它独有的方式触摸，仿佛置身无需神祇的神殿中。

登高

　　小路沿着山坳延伸，想要登高就必须离开道路和人群独行。空气稀薄，灌木丛生，碎石遍地，只能勉力蹒跚而上。行至高处，举目四顾，豁然开朗。

　　神山雪峰就在面前完全展开，已无须仰望。

　　汹涌的云团只在雪峰留出一小片穹顶，却意犹未尽，仍在深邃的天空肆意挥洒。

　　蓝天云海，鲜花遍地的草甸，幽深宛转的溪谷，清澈碧绿的海子，群山起伏中傲立云上的雪峰，直至远处纵深不见尽头的垭口，这一路上未曾想象的壮丽，不知不觉中已尽收眼底。

攀登

　　缺氧的环境中，徒手攀爬如此陡峭的山坡着实不易。

　　崩塌的碎石和泥土使得前进的道路更是雪上加霜，每进一步就要退半步，有时甚至滑落两三步，最终止步于横亘头顶的断崖下。

　　侧面的岩峰就在近前，仿佛只要站上峰顶，蓝天白云就能伸手抚及，却已不能攀登。从宏伟如画卷的雪山一路走来，却不知山峰之后又是怎样一番景象。

　　嶙峋的岩峰在烈日下闪耀着冷厉的光芒，漠然俯视着这一面的世界，却将另一面的世界生生阻挡，留给了无法想象的想象。

野羊

　　远古的岩峰在千百万年漫长的岁月中饱经风吹日晒和冰雪侵蚀，依旧昂然屹立。粗粝陡峭的岩面寸草不生，构成形状各异、棱角分明的灰色峰群。

　　皑皑雪峰与蔚蓝的天空、洁白的云团融会交错，在阴晴交替中变幻着颜色。

　　盛夏降临，雪峰环绕的苦寒高原终于迎来了丰饶的春天，就连砾石遍地的山坡也灌木丛生、绿草繁盛，怒放的小花星罗棋布。

　　不知何时，仿佛凭空出现的野羊群就在近前，它们从容不迫地踱步吃草，慢悠悠地朝着更高的山峰走去。

旅途

舞台

钢浇铁铸的巨大岩峰高耸云间。草木甚至土壤都无法承受如此严苛的环境，即使时处盛夏，洼地平原乃至岩峰下的缓坡都已植物繁盛，但要往冷酷的顶端攀升，却再难寸进。

雪山之巅的天气在阴晴雨雾中剧烈变幻，只一个昼夜就能历经四季。

阳光扫过幽蓝碧绿的海子，在水面的波纹激起跳荡的繁星。

完全的冷漠与热烈的激情在风起云涌间碰撞交融。这座绚丽多彩的大舞台沉浸在独立于时空的漫长的寂寥里，只待狂野舞者飞扬的水袖闯进回旋的风中。

日暮

夕阳还未落下，寒气就已在山谷蔓延开来。天空的蓝色越发幽深凝重，就连白云仿佛也要向山峰后方沉没了。

高原的分界如此刚硬。

斜阳西垂，阳光所及的亮部还在缓慢地朝着上方缩减，阴影里的山峰就已陷入灰黑的夜色。温度骤降，雪峰蒸腾而起的云雾也变得细小了，又被高空的风吹得完全倾斜，显示着风的方向。

推背的强风突然袭来，也不知道是从哪个寒冷的源头贴着地席卷而来的。它在空旷的原野上扫荡，仿佛催促着万物，寒夜即将降临。

雨后

　　突然泼下一阵凶悍的暴雨，云团毫不停歇，翻滚着继续前行。

　　西沉的斜阳只掀开云层一角，就展现出阳光在高原独有的强劲，金色的光芒将空气中迷蒙的水雾一扫而空。

　　溪流变得湍急，却依然清澈见底。

　　近处的树梢黄绿相间，厚厚的草甸将鲜绿铺满山谷，却演变成大片的金黄。树荫浓绿的山坡后方，陡然伫立着神色冷峻的灰色峰群。棱角锋锐如刀劈斧削的岩峰上，暴雨未能留下任何痕迹。

　　群峰层层递进，直至最深远处的皑皑雪顶，与云海在天空交会。

存在

    云团在空中聚散飘荡，不知来自哪里，要去向何方。

    阳光从云层的间隙洒向延绵的群山，变幻着明暗相间的光影和颜色。

    高大的铁塔牵引着漫长的高压线向山谷延伸，在群山草地间却显得有些小巧。若隐若现的公路边，小小的民居前盛开着嫩黄的油菜花。平原和山坡绿草遍地，鲜花点缀其中，牦牛在草地闲逛。小河浅水，在布满卵石的河道中潺潺流淌。

    广阔的原野只是纯粹地存在，生命在土壤中随意生长着，不曾受到现实意义的授予和绊滞。

无人区（一）

　　山川腹地的无人区看上去只是一片荒芜，但是远古冰川遗留的地貌和高原毫无征兆的多变气候，却赋予了它难以言喻的丰富多彩。

　　这里的每一寸土地，在每时每刻都可能呈现出难以想象的独特景象。

　　顺着陡峭的地势继续盘旋而上，发动机缺氧而吃力，不得不更加奋力轰鸣，仍然难以加速前进。

　　海拔仍在升高，地面的白色标线引出一条粗犷的弧，又是一个急转大弯，就在云海面前掠过。这是一条仿佛能穿越时空的道路，那前方，又会是什么模样？

无人区（二）

这里的无人区乱石遍野，草木荒芜。

细小的公路若隐若现，偶有车辆经过，噪声也在空旷的原野迅速消散，留不下丝毫回声。

散落的砾石被雨雪清洗得纤尘不染，冰蚀岩盘构成素面朝天的海子，清澈见底的水面静静地映着天空。风过处，只是无声地荡起粼粼波光。

幽蓝的天空如此之近，大团大团的白云就在前方涌起，时而快时而慢，总在聚散离合间从头顶掠过。

这片天地在完全的寂静中蕴含着丰富的运动，却又仿佛，自从远古以来，这里就不曾改变。

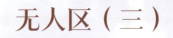

无人区（三）

　　大地距离天空如此之近，汹涌的云仿佛伸手可及。

　　稀薄的空气纯净透彻，就连远方的天地之交也清晰可见。微波荡漾的海子素面朝天，映着天空的深蓝和云团的洁白。远古冰原造就大大小小的卵石，遍布广阔的原野，直到铺满尽头起伏的天际线。

　　一条隐约的公路擦过山腰、没入旷野，似乎是人类留下的唯一痕迹。

　　时间的尺度在这里变得模糊，无关紧要得仿佛消失了。

　　粗犷的荒原充满宁静，只有空中庞大的云团随着风聚散飘荡，涌向前方低矮的天际。

无人区（四）

天空蓝得如此深沉，竟似有些不真实了。

白云涌动，向远方聚集，直到贴近地面。阳光洒落，随着云团的脚步变幻着光影。

清澈的海子置身卵石遍布的大地，明亮如天空之镜。

无声无息的风悄然扫过无遮无挡的旷野，来去无踪。

宛若异域的荒原静寂无声，却迸发出无穷无尽的活力，就连道路的蜿蜒起伏也呈现出跳动的韵律。

清冷的风在灼热的呼吸中升高了温度。粗粝的荒原召唤着深埋胸腔的野性，仿佛要让它撞破胸膛，朝着广袤的原野绽放。

无人区（五）

　　辽阔的原野碎石遍布，散落其间的海子静静地映着蓝色的天空。远在天边却又近在眼前的尽头，起伏着蓝绿相间的山丘。

　　这是即使在盛夏时节，植物也难以生长的高原野地。

　　冷风强劲，却不曾带起丝毫回声。云层在低空聚散，仿佛是这无边的寂静里唯一的运动。明媚乃至刚烈的阳光，也不能驱散这片蛮荒大地浸透骨髓的苍凉。

　　仿佛自远古以来，这里就是独立于时空的存在。而这纯粹的孤寂之地，却拥有直击心灵的力量，迅速激发出强烈而深刻的共鸣。

无人区（六）

据说这些高原的无人区由古老的冰川铸就。

小路在连绵不绝的山丘间蜿蜒前行。山丘草地被大大小小的卵石完全占据，就连山顶也不例外，漫山遍野的碎石一直铺洒到目光的尽头。

　　大风忽起，云团蜂拥而至，迅速将空中最后一抹蓝色收了去，天色立刻就暗了下来。不知何时又袭来冰冷的雨，天地之间顿时变得一片迷蒙。

　　风助雨势，雨点携裹着苍凉的气息扑面而来。越是深入腹地，这气息就越是浓重，仿佛顺着现代公路却无意间闯进了远古的荒蛮之地。

沉默

碎石遍地的荒原与水草丰沛的沼泽在垭口边缘相交，面朝同一片云天，共处在完全的寂静里。

空气纯净，天地清澈。大风变换着方向，无形也无声。

虽然景美如画，独行在人迹罕至的旷野，或许恐惧就会莫名地升起。人们害怕寂寞，害怕这广袤无边的空间里仿佛永恒的沉默。

然而，恐惧与外部世界无关，而是源于内心深处的某个角落。其实，无论寂寥的原野还是喧嚣的人间，从未有过安全的存在。很难想象，真正处在这样的绝望中，勇气反倒油然而生。

源起

高原距离天空如此之近，白云就在平缓的丘陵后方升起，朝着无垠的天空涌动。

云团浓密得不堪重负，反而向地面压迫下来，有些甚至开始跌落，就将下方的山丘笼罩在倾盆大雨里。

在如此开阔的天地间，雨区只占据着小小的地盘。白云汹涌的天空依然蔚蓝，阳光依然强烈。

笔直的道路纵穿广阔的草原，拐了个弯，又消失在丘陵之间。前方不见高山，仿佛只要继续深入，穿越那些横亘草原的低矮山岭，就能抵达充满遐想的云的根，那神秘的源起之地。

盛夏的春天

高原的春天在盛夏时节如约而至。

白云在蔚蓝的晴空飘荡，繁茂的青草铺满了所有的平原和山丘。明黄、粉红、洁白的鲜花点缀在碧绿的草地上。流水开辟的河道碎石遍布，清澈的水面将河床的印迹与蓝天白云的倒影揉在一起。

稀疏的民居、弯曲的小路和山坡上的图腾显示着这里还有人类的存在。

高原对自己的内在魅力保持着沉默，并不需要也不介意谁在欣赏。这里并未现身高高在上的神祇，只见根植于土地的朴素和单调，与其并行不悖的丰富多彩。

神山（一）

　　一层高过一层，草地与丘陵远远地伸展开去，后方屹立着高耸入云的雪山。草木不生的陡峭岩峰构成神色冷峻的横断山岭，仿佛是横亘在神山与俗世之间的阻隔。

　　尚未完工的寺院坐落在丘陵上。人们要在这里建立宗教圣地，将对神的敬畏与对雪山的崇拜融为一体，将无形的、法力无边的神明寄托在有形的、宝相庄严的雪山。神将加持于山，山也将加持于神。人们在寺院里朝拜的既是山，也是神。

　　人类赐予自己安慰与希望，正是宗教生生不息的源泉。

神山（二）

　　青草覆盖着平原，延伸到跌宕起伏的山丘。阳光与云层阴影的交替移动，造就草原金黄、碧绿与深绿之间的变换。卵石遍布的枯水河床此时只有涓涓细流，在原野蜿蜒而过。

　　远处的群峰草木不生，突兀地横亘在地平线上，两端矗立着高耸入云的皑皑雪顶。云团在群峰后方涌起，朝着更为广阔的蓝天升腾、扩散。

　　人类的大型建筑，在广袤的草原、群山和云海之间显得如此渺小。

　　强劲的风扫过草原，将泥土、青草和鲜花的气息掀起，远远地散播开去。

无题

纯净的天空透着幽深的蓝，几朵白云慢悠悠地飘荡着。阳光明媚的高原上，柔软的青草从平原铺至山坡顶端，其间点缀着或稀疏或密集的小树。

几座房屋散落在空旷的草原上，几头无所事事的牦牛在附近闲逛。

小河划开草地，在布满碎石的河道潺潺流淌，清澈的水面静静地映着深蓝的天空。不知来自何方、在河边驻留了多久的一段树根，默默散发着岁月沧桑的气息。

一匹小马驹独自躺在河边的草地上，只是偶尔抬起头，啃几口青草和散落其中的鲜花。

路

　　小路在空旷的山谷之中延伸，转两个弯，又消失在缓坡之后。涓涓溪流切开草地，静静地流淌着。偶有民居散落在路边和山坡，沉默无言。

　　突然洒落一阵细雨的云刚刚离开头顶，地面就恢复了原本的干燥。大风推搡着密集的云团，继续往前方聚拢，似乎又在酝酿着那里的雨雪。后方是明媚的晴空，头顶是移动的阴云，山坡后面又会是什么景象？

　　行走在丘陵草地，前方总是无尽的道路，眼界总是被山丘遮挡，另一面无法看见的景象也总是无法想象。

光影

速度抹去了所有的细节。

车流稀疏的隧道里，车辆行驶其中平稳而流畅。迅速闪过的事物全都简化成浮光掠影，整个空间顿时变得虚幻起来。一个拐弯，就足以将通道的前方变成未知的谜。

头顶的灯光在明暗交替中形成节奏明快的闪烁，将眼前的一切映照得光怪陆离，只有地面白色的车道分界线和高墙的壁灯还在指引着方向。

而那些鲜活跳动的光影，又在施展它们令人难以抗拒的魔力，将隧道行车变幻成漂流在一个完全不同的流光溢彩的世界里。

镜

　　夕阳刚刚落下，天空还有些明亮，松散的云却已被夜染成了墨色。

　　密集而璀璨的灯火已经迫不及待地燃烧起来。涌动的人潮将热烈的激情投入这场辉煌的焰火，仿佛正是因为它们的存在，大江两岸的盛夏才能将午后的热度一直延续到深夜。

　　江水静静地流淌，宽阔平缓的江面泛着微微的波澜。没有风，大树伸展的枝叶凝固成了嵌入夜空的剪影。一艘小船静静地停泊着。仿佛正是因为它们的存在，这片水面平滑如镜，映着天空和云彩，透着深邃的幽蓝。

歌手

　　盛夏之夜，熙熙攘攘的人流穿梭在灯红酒绿的大江沿岸。

　　清吧里人头攒动，高高低低的声音交织成难以分辨语句的混响。霓虹灯多彩的光芒回旋在昏暗的大厅里，营造出光怪陆离的世界。

　　桌子与音箱将歌台与人群隔离，一串串心形彩灯悬挂在歌台上空，照亮了这片小小的角落。

　　歌手怀抱吉他，独坐在变幻的光影里，凝视着面前的乐谱，一首接着一首，弹唱着风格各异的歌曲。清晰的乐曲和嗓音在大厅里回荡，形成闷热嘈杂的空气中独特的背景之声。

小醉

偏远古城的盛夏，夜晚依然炎热难当，只有流淌的江水散发出些许凉意。

大江两岸灯火辉煌，人头攒动，挂着大红灯笼的游船在宽阔的江面来往穿梭，偶有几盏莲花水灯慢悠悠地顺流而下，在黑黢黢的水面上显得格外明亮。

年轻的歌手抱着吉他，一首接一首地吟唱，轻快的歌声在风中回响，荡去了耳边此起彼伏的嘈杂声。桌上的灯将金黄的光映射在杯中的酒里，隐去了周围往来的人群。

皓月当空，江水悠悠。就在这涌动的人潮中间，小醉江边吧。

晨

　　天刚蒙蒙亮，群山环抱的大江里，清冷的水流无声地滑过宽大平缓的河床。浓重的雾气驻留在整个河谷，久久不曾散去。

　　水边的树木和青草犹如墨绿的剪影，对岸的青山还只在影影绰绰中起伏。

　　朝阳在山的背后升起，将光芒洒向天空和大地。白云渐渐飘散，天边开始展现清新的纯蓝。

　　阳光终于穿透重重浓雾，将微微的光芒荡漾在水面轻柔的涟漪上。一切都只在乳白晨雾的宁静与湿润里依稀显露，依然流连在安然沉睡的梦境与刚刚被唤醒的蒙眬之间。

轻

　　和尚轻轻放下木鱼的槌，并不言语，只是撩衣而起，出大殿转连廊，往偏殿去了。然而却是这个背影，仿佛胜过千言万语，竟令人一怔。

　　人已老迈，身躯干瘦，却沉稳有力，腰背挺直，步履轻盈。这个背影，竟似无一物压身，似乎这具肉身之上已经找不到尘世俗念的痕迹。

　　人们常说，生活的负担重如泰山，活着实在太累。然而，浊世种种因缘，真能舍得掉，放得下？若将世间负累尽去，那宛如鸿毛一般随风飘荡的生命之轻，又有几人当真承受得起？

行者

路（一）

人们常常毫不停歇地在看不到尽头的道路上奔跑，只为曾经期待的某个模糊的终点。

那里，将是真正的休憩之地吗？也许永远不会有这样的终点。即使有，终点最终也只能变成新的起点吧。

一路西行，天色在不知不觉中变得暗淡了。掀开遮阳板，前方是金色的夕阳、金色的天空。

撞进眼帘的冬日暖阳并不炫目，却饱含天际传来的光和热，无声地唤醒疲惫之下埋藏的激情。即使只是漆黑地面闪烁的反光，也宛若牵挂在远端的召唤，跳跃在前行的道路上。

路（二）

当璀璨如明珠的夕阳沉入目光尽头的天际线，粉红的天空迅速黯淡下去，夜幕就降临了。

在没有路灯的公路上，视野忽然就收缩到只有眼前。前后无车，汽车就变成了漂浮在重重夜幕中的海上孤舟。

窗外只有黑沉如墨的夜，车灯照亮的也只是前方一小片道路。音响播放着熟悉或陌生的旋律，和着发动机的轰鸣声、车轮摩擦地面的有节奏的沙沙声，形成独特的混响，在耳边跳跃。

窝在狭小的座椅空间里，思维却被完全激活，一直游离到黑暗无边的边际之外。

夜

初春的季节里，夜晚与清晨一样，空气似乎只是有些清冷，轻柔的微风却透着莫名的彻骨之寒。

夜越深沉，空气也变得越发凝滞。黯淡的树影仿佛凝固在冷冽的空气里了，衬托着这片难以名状的昏暗夜色。

不知何时，空中忽然飘起了稀稀落落的小雨，更觉寒气逼人。冻僵的手指使劲揉搓同样僵硬的脸，将衣裳裹得更紧，却不肯加快行走的脚步，实在不愿惊扰如此寂静的夜。

停步凝神，就听见了零零星星的雨点跌落在树叶上的窸窸窣窣的声音。

黄昏

天色已晚，远处群山之上，夕阳还在灿烂地燃烧着，将柔和的金光洒向天空和大地，为寒意渐浓的深秋增添了些许暖意。

微风起处，湖面荡起平滑的波澜，垂柳婆娑起舞。

金黄的光芒从远远的对岸弹起，随着波浪漂荡起伏，跨越宽阔的湖面，一直延伸到跟前，甚至跳跃到堤岸凹凸不平的青石地板上了。

夕阳西下，越发地温和柔软，偏偏又还有些苍劲的余力，一如岁月已老，却将蕴积已久的情怀舒展，凝聚成这道天边咫尺、仿佛伸手就能紧握的阳光。

行者

书楼（一）

　　沉稳的书案，端庄的座椅，书架里泛黄的书籍，木板墙上黝黑的漆面，与陈年字画和对联上遒劲的大字融为一体，无声地诉说着这座藏书楼厚重经年的历史。

　　书籍老旧，却依然干净整洁地码放在书架里。书案左边的两本书，右边的砚台，仿佛也在宣告着读书人随时可能归来。

　　初春的午后，金色的斜阳洒进书楼，正是读书写字的好时节。

　　温暖的阳光仿佛穿透古今。漆黑的桌面平滑如镜，反射出幽深的光泽。古老的书楼沉默无语，依旧静静地等待着。

141

书楼（二）

在数百年错综复杂的命运中饱经沧桑，古朴依旧的藏书阁，仍然静掩在闹市陋巷的尽头。与其中浩瀚的藏书一样，它在漫长岁月中经历风雨坎坷，本身就是一部深沉厚重的历史。

草庐檐下，一株小小的无花植物沐浴着大树茂盛的枝叶间渗入的阳光。薄薄的粉红叶片里流淌着叶脉的嫩绿，在明暗交织的树影中更显晶莹剔透，令人目眩神迷。

也许是年深日久，它们在海量的书籍和深厚的历史中饱吸精华，早已幻化为妖，只待机缘，就要乘风飞了去吧。

行者

143

小巷

　　午后的阳光依然明媚，铺洒着夏末的余热和秋初的金黄。

　　平坦的小巷，低矮的房，斑驳的墙，简单的旧门窗。

　　敦实的男孩儿，短发短衣短裤旧拖鞋，坐在小板凳上，背靠门扉低着头，用长长的绿草茎叶，聚精会神地编织蚂蚱。妈妈就在旁边，安静地打着下手。

　　长颈大肚玻璃瓶里装满清水，稳稳地立在面前的高脚凳上。几只精巧的蚂蚱，蓝色的眼睛亮闪闪的，背上细长的茎秆伸到瓶中的水里。它们就这样悬在半空，随着微微的风，悠悠地、悠悠地晃着。

花开

　　偏僻的小山村里，房屋大多老旧而且缺乏维护，有些甚至已经坍塌，只有少数房屋还有人居住，但看来持续的时间恐怕也不会太久了。

　　正午时分穿村而过，只遇见极少的老人和孩子，显然人们大多已迁离。在阳光明媚的初夏里，空气中弥漫着清冷、生硬和枯燥的气息。

　　村口的小土堆上伫立着几枝鲜艳的小花，它们完全地盛开着，黄的、白的、红的、粉的，映衬着嫩绿的茎和叶，在微风中摇曳。

　　是风或鸟儿传播的种子吧，当季节到来，它们就开放了。

行者

晨曦

　　清晨的阳光穿过小树林，瀑布般倾泻而下，就将建筑、灌木和路面都笼罩在金色的光芒里了。这片小小的空间被阳光唤醒，新的一天开始了。

　　许多年过去，幼时的晨曦依然清晰地刻画在脑海里。

　　无论春夏秋冬，似乎每一个晴朗的清晨，金色的阳光就会如约而至，浸透了染着红色大花的纱布窗帘。总会有那么一抹阳光从窗帘的边沿溜进来，斜斜地印在床尾那面白色墙壁上，并不断地移动着。房间里渐渐充满明亮的暖色，无声地唤醒了睡眼惺忪的孩童。

倒影

初春的雨后，清晨依然寒意浓冽。潮湿的水雾还不曾消散，弥漫在空气中，传递着微微的泥土的腥味和青草的芳香。

天空终于露出了纯净的蓝，浓重的白云柔和了高原刚硬的阳光。晨曦为这座小小的院落镀上油画一般的浓墨重彩，垂柳、灌木、花朵，就连黑褐的土壤都披上了金色的光辉。

一池清水将天空的颜色融进了这崭新一天的倒影。轻风拂过，水面荡漾着波纹，活动的清水仿佛能洗涤浊世的杂质，倒映出了另一个由晨曦装扮的全新而鲜活的世界。

山村

漫天飘洒的细雨早已停歇，大地还是湿漉漉的，清冷的风将细细的水珠铺洒在脸颊。清晨的阳光穿透力弱，直到温度升高，掩藏一切的浓雾渐渐淡去，这才现出了纯蓝的天空。

青色的大山还只在雾气间隙依稀可辨，绿草和灌木拥簇的山坡上，坐落在树林中的乡村已逐渐显露真容。

初春的树木渐次苏醒，有些还是枯枝萧瑟，有些却新绿满枝头，有些甚至已经绽放稚嫩的花朵。在这乳白晨雾萦绕的山谷中，它们用崭新的颜色衬托着青砖瓦房的古寨民居。

城墙

　　当武器变得无坚不摧时，城墙就失去了它原本的意义。

　　这座连绵环绕的城墙依然完整，显示着这里并未经历过重型武器的摧残。城垛条石用坑坑洼洼的表面和厚厚的青苔诉说着它们被遗忘经年的历史，坚实的步道平坦依旧。

　　蓝天白云的晴空下，青松繁茂，灌木丛生，空气中弥漫着烈日烘烤松枝、落叶与青草散发的气息。热风掀起阵阵松涛，在城墙上摇曳着斑驳的光影。

　　阁楼飞檐的旧风铃仍然在跳荡着吧，细细的叮叮当当的声音穿透松涛，传到了耳边。

黎明

包围一切的夜的黑是在一瞬间褪去的，整个世界忽然就蒙蒙亮了。

朝阳还未跃出地平线，天边就已泛起微弱的红光，在低空弥漫，平添了几分融着暖意的紫红。

凛冽的风携裹着深冬彻骨的寒意朝着东南方扑去，仿佛要延缓日出的进程。西北方肃穆的墨蓝天空犹如冰冻一样凝重。

田野间低矮的房屋、稀疏的小树还沉浸在黎明时分浓浓的睡意中。电线与小路相依相伴，向远处延伸，隐入大地朦胧的梦乡。

明月雪白晶莹、小巧如钩，镶嵌在遥远的深空里。

清晨

深冬的清晨，凛冽的风用刺
骨的严寒扫荡着湖域。朝阳尚未
跃出地平线，就已将光华抛洒，
在东方的天空铺洒着紫红的霞，
渲染了几分温暖的气息。

萧瑟的树木依然凝固在冰冷
的空气中，草地沉睡在朝露浸润
的潮湿里。

回转水洼里停泊的船，还沉浸在清晨蒙眬的睡意间。

　　宽阔的湖面延伸到迷蒙的远方。晨雾还未来得及完全散去，早起的船只已经在湖面划出长长的印迹。他们早就迫不及待地开始作业了，将隐隐约约的马达有节奏的啪啪声送到了堤岸上。

山边

连绵的细雨充分润泽了大山。

清晨时分，雨已经停歇了，细细的清冷的水珠还充盈着盘山小路，润湿地面、树木、脸庞和发际。台阶、草地和灌木还有些湿漉漉的，泥土细微的腥味、灌木散发的怪异气息和野草的清香时不时传送到鼻尖。

温度逐渐升高，浓重的雾气在深谷中升腾，包裹着整座大山，久久不曾散去。起伏的山和浓密的树木，还只能依稀辨别。远处最高的山顶上，角亭时不时在飘荡的云雾中露出小小的身影。

人在山边，就是仙吧。

路

　　湛蓝的晴空下，明媚的阳光照耀着森然耸立的山脉和幽深莫测的海洋。

　　刚硬陡峭的群山植被稀疏，松散的黄土只是随意铺洒，裸露着棱角尖峭的岩石边坡。强烈的阳光将土黄的群山刻画得更加硬朗，却让蔚蓝的海洋平添了几分暖意。

　　柔和平缓的海水释放着无穷的精力，一刻也不停歇地将连绵起伏的波澜推向岸边，白色的浪花翻滚着，激荡不休。

　　漫长的道路沿着弯曲的海岸线南北延伸，在刚与柔的分界线上划出一道流畅的弧，远远地拓展开去。

无题

　　西沉的斜阳不再具有强烈的穿透力，很快就隐入了低矮云层的后方。纯净的天空中，粉红的霞光还在海天之间弥散，将灰蓝的海面和薄薄的云层染成了温和的紫红。

　　温度很快就降低了，冷却的风扫过平静的海湾，只将水面抚摸得皱了，并不惊起波澜。

　　这片海域十分宽阔，在冷冽的初春里，空气中依然充满清新的意味。

　　天色渐晚，帆船开始回航，在无声的海湾朝着岸边缓慢地移动。海鸟还在低空盘旋，在帆船尾部卷起的小小的波浪中寻觅着最后的晚餐。

行者

车站

　　灯火阑珊的海滨小镇行人稀疏。清冷的海风将连绵的涛声送到耳边，在宁静的夜里清晰可辨。

　　穿镇而过的铁路，从黑暗中伸展出来，擦过车站，又隐入另一端的黑暗中去了。没有列车，刚硬的铁轨映着站台上的路灯，散发着冷峻的光芒。

　　列车来来去去，承载着无数故事在时光中变迁，而车站却常常滞留在岁月的某个节点。

　　早春之夜的寒意仿佛凝固了空气，默然屹立的车站仿佛凝固了时间。静寂的门廊和厅堂，兀自沉浸在柔和的橘黄灯光温暖的睡意里。

行者

码头

　　突如其来的晨曦将黎明前的黑暗一扫而空，满天星斗就全都隐退了，只剩下一弯细细的月亮还停留在幽蓝的天空。

　　昏黄的灯光还在衬托着夜的气息，随着古老的栈道向波澜不惊的海面延伸，直到远端沉睡的旧码头。

　　海风带着早春的寒意拂面而过，柔和的潮水卷起轻轻的涛声。朝露润湿厚重的旧栈板，软化了脚步的脆响。

　　海鸟在低空滑翔盘旋，不曾振翅鸣啼打破清晨的宁静，偶尔从头顶掠过，也只带起细碎的风声。朝阳即将升起，唤醒睡意蒙眬的海湾。

日出（一）

宽阔的海湾远远地延伸到东北方的半岛。

刚刚从山的后方跃上云端的朝阳，就已经无法分辨形状。强烈的金光掀开蓝天大幕，将半岛、云彩和天空熔入灿烂的金黄。

微波荡漾的海面依然色泽深沉，由远及近，是墨蓝到深蓝的变幻。一条金光闪闪的大道，从远处半岛的水平线激发，在波浪上跳跃着，一直伸展到近前，散作璀璨的星光。

天亮了，睡意蒙眬的海湾终于苏醒。只在低空滑翔盘旋、等待已久的海鸟发出清亮的啼声，振翅腾空，迎着朝阳飞去。

日出（二）

朝阳渐渐升高，强光如白色烈焰冲天而起。

云彩隐匿了，半岛依稀可辨，就连高空的蓝色也被冲刷得淡了，只有刚硬的水平线仍然清晰可见。

深沉的海面渐渐明亮，炫目的金光大道褪去了厚重的金黄，白色的点点星光在宽阔的海面上大片大片地铺洒开来。

码头边缘停歇的海鸟注视着波光粼粼的水面，一动不动，与长凳和立柱相伴，将长长的影子投射在坚实的旧木板地面上。

海湾越发明亮，滑过脸颊的海风也渐渐温暖起来，拂去了早春的寒意。

湖

　　无遮无挡的半岛，直面着波澜壮阔的海洋。浩瀚无边的海水蕴含着无穷的力量，推动层层叠叠的浪潮汹涌而来，一波紧接一波，撞进礁石遍地的海滩。

　　在连绵不断的轰响中，白色的浪花高高溅起。一座高大的礁堆屹立如山，将来势汹汹的浪潮生生阻挡，就连强劲的海风，冲撞之后似乎也变得舒缓了。

　　潮水渗过礁堆的缝隙，在后方的滩涂创造出一片小小的湖泊。

　　海鸟在礁石上栖息，在湖边梳理羽毛。平静的湖面清澈见底，微波荡漾，倒映着湛蓝的天空。

守望

  一望无际的大洋波涛汹涌，就连海天交接的水平线也在跌宕起伏。碧绿的海浪翻滚着，一浪推着一浪，层层叠叠，朝着岸边席卷而来。

  没有岛屿和海湾的缓冲，潮水携带着洋流的力量直接冲击着海滩，在礁石上撞得粉碎，溅起高高的白色浪花，水雾在风中飞舞。潮湿的滩涂海草丛生，就连礁石也被绿色和棕色的海苔层层覆盖。

  海鸟沐浴着阳光，静静地伫立在浅水洼地上。它守望着声势浩大的浪潮，自己却形如雕像，只有细长的洁白的尾羽在随风飘荡。

礼拜

　　斜风细雨让小镇的深秋寒意更重，社区教堂冰冷的玻璃门上映着枯枝阴郁的影子。即使这样的清晨，这里也是信徒满座。

　　大大小小的宗教场所，遍布人类聚集或稀疏之地。

　　宗教之光在人类历史长河中闪耀，不仅存在于教堂庙宇，也贯穿生活的细枝末节。

　　它们将现实与信仰、俗世与圣灵、哲学与艺术、真实与谎言、死的恐惧与生的希望凝练成不容置疑的神话和教义，融入精致考究的场景与庄严肃穆的仪式，就构筑起了坚实到足以作为精神支柱的宏大力量。

小镇

　　高纬度地区的深秋季节寒意浓重，树木的枯枝已经片叶不存，地面的青草却依旧繁盛。可能因为这里水流充沛，即使是这样寒冷的环境，土壤却依然湿润，足以滋养这里的草木。

　　静静流淌的溪水仿佛是凝滞的，宛若明亮平滑的镜面，倒映着蓝色的天空和边缘被夕阳染成金色的云彩。

　　宁静的小镇沐浴在夕阳的光辉里。白色的小桥跨过溪流，色彩鲜明的房屋、磨坊上高大的风车和尖顶的教堂坐落在溪流环绕的青青草地，散发着童话世界般的韵味。

深秋

厚厚的云层遮蔽着阳光，将这片土地笼罩在铅灰色的天空之下。每到秋冬季节，这里少有晴天，雨后阴冷压抑的潮湿也总是久久不能消散。

茂密的树林将金黄的落叶铺洒在绿色的山坡和卵石筑成的路基上。湿漉漉的铁轨反射着冷冽的光，在树林间游走，一直延伸到山脚雾气蒸腾的小城中。

宽大的银色河流蜿蜒着穿城而过，为同样寒冷潮湿的城镇再添几分水汽。小城被浓重的雾气笼罩、湮没，远远望去，只能看见一片片白色与灰黑交织的朦胧的影子。

净土

　　明明只是满地的沙，偏偏流露着纤尘不染的净。

　　人群拥挤的海滩印迹纷乱，散落着各种杂物，这偏安一隅的小小风景竟成了意外的惊喜。

　　人们常常眺望遥远的天空和云彩，神往远方陌生的山川与大海，却很少真正留意身边及脚下。

　　在有意或盲目的旅途中，一切事物就如同走马灯一样，迅速闪过。匆匆忙忙的脚步来来去去，掠过许许多多被切割成碎片的一块块净土，它们就像人们那早已化作碎片一般的生活一样毫不起眼，只在行者的脚边，默默地变迁。

阿土手记

海洋

日出

黎明前的黑暗刚刚过去，强劲的风还带着夜间的凉意，重重地撞在脸上，一刻也不停歇，又从耳边呼啸而过。

高高的悬崖上几乎站不稳脚。原本遮蔽着整个天空的厚重乌云，被大风推搡着向西蜂拥，却在遥远的东方让出了一片明亮。

浓重的雾气溶化了水平线，模糊了海天之间的界限，只见一层朦胧。

金黄的朝阳突破迷雾、冉冉升起，光线明亮却依然柔和。粉红的霞光从天空映射到大海，化作水面跳跃的光芒，乘着大风，踏着海浪，朝着岸边席卷而来。

天涯

　　汹涌的云团在缓慢的移动中变换着形状。清冷的大风迎面撞来，让人有些站立不住。风在耳边摩擦，发出尖锐的呼啸。

　　在蓝绿相间的基调里，海面随着云团的聚散变幻着不同的颜色：有些是云雾迷蒙的浅蓝，有些是明亮平和的纯蓝，有些又是沉着厚重的深蓝，有些却倒映出天空炫目的白光。

　　退潮时分，幽深厚重的大海收起了雄浑的力量，岸边就只荡漾着平缓的波纹。海岸线沿着崖脚弯曲地延伸，直到与海天交接的界限一起，模糊在蒸腾的雾气里。

海洋

沙滩

　　泛白的柔光横贯在淡蓝与铅灰交织的天空，土黄礁堆上伫立的小树枯枝萧瑟，整个海湾都显得有些忧郁。

　　水平线上的大船离得很远，看不出动静也听不到声音，近处的小船同样只是安静地停泊着。沙滩后方只有一片小小的树林，竟也能将近在咫尺的城市道路的噪声完全隔绝。

　　初春的半岛仍然冷冽，轻柔的海风抚摸着脸颊，湿润而清凉。

　　海滩如此平缓，清澈的海水只是翻滚着小小的浪花，用慢条斯理的节奏一遍遍地洗刷着岸边的黄沙，卷起细腻的潮声。

空

　　强劲的风驱赶着云团，逐渐形成包围中心的激荡的漩涡。并非涨潮时分，海面却被风卷起层层波澜。

　　头顶是汹涌的云，脚下是翻腾的浪，天空和大海都失去了原本的颜色，暴风雨就要来临。栈道远端的平台上几乎站立不住，大风摩擦着耳郭，制造出尖锐的呜咽。

　　难以想象，一种莫名的压倒性的宁静就在此时升起。这极具动感的世界，仿佛只是一片巨大的空。无论开怀大笑，还是痛哭流涕，抑或拼尽全力地呐喊，在这巨大的空里，都只是无声无息的静。

黄昏（一）

海湾对岸的半岛边，山峰刚刚蒙上夜的面纱，暗处的山脚就已亮起璀璨的灯火。

午后的炎热逐渐消退，海风也变得温和柔顺。平静的海湾微波荡漾，宽阔的沙滩潮水舒缓。

夕阳已经落到山的另一面，却用金色的余晖撒出这一天里最绚烂的光芒，仿佛只在一瞬间，就将天空和云彩点燃。漫天霞光倾泻而至，浑厚的大海紧接着就燃烧起来。

即将沉入夜色的海湾顿时化作激情燃烧的世界，夺天地之色，夺目光之神，就连腔中深藏的热血，也随之燃烧起来了。

黄昏（二）

夕阳完全沉入群山后方，气势恢宏的海湾黄昏，这场晚霞的盛筵很快就到了尾声。灿烂饱满的颜色之光已经褪去，只在高空云层尚存几分金黄。

大海随着天空冷却，就连风也放慢了步伐，空气中泛起海湾独有的清凉、腥咸的气味。

对岸的半岛，群山只余下起伏的轮廓，山脚的灯火仍在守候着夜的降临。

辉煌过去，无形的落寞就漫延开来，迅速布满了海天大地。沉静的水面微波荡漾，只有一艘小船还流连在空旷的海湾中央，独自徘徊在寂寥的波光里。

画（一）

午后的阳光为大海镀上灿烂的金黄，取代了原本幽深的蓝绿。

　　遍布海面的粼粼波光刻画着致密的纹理，大海就变成了粗糙的充满质感的金色画布。

　　水面荡漾着平缓的巨大波纹，那是海风如无形的大手拂过，掠起了层层波澜。

　　两艘货轮相伴而行，从高空望去，只见两只小小的影子一前一后缓慢前行。它们在身后翻起的浪花，就像指甲在画布刻下浅浅的白色划痕，随着它们的航程亦步亦趋，自然而然地，后端的痕迹就弥合到画布原本的纹理中了。

画（二）

从厚厚的云层间隙洒落，午后的斜阳将暗金色的光芒铺洒在海面上，为波光粼粼的海面镀上了金属画布一般粗粝的质感。随着云层厚薄的变幻与海面波纹的荡漾，这张画布渐变着明暗与色调。

云层遮蔽的海面灰蒙蒙的，弥漫着幽深冷寂的暗光，就连隐隐约约的云，仿佛也陷入那神秘的异域空间里去了。

不知从哪个方向驶来的一艘船，独行在这片空旷的海域。它看起来走得如此缓慢，船尾在水面划出的痕迹犹如印刻在坚实的画布上，久久不曾消退。

阿土手记

飞翔

高原

湛蓝的晴空里，云带如同柔软的丝绢横跨天际，天地之交如此遥远，只在朦胧中依稀可见。

延绵的山丘一片片延伸开去，河流从丘陵间的谷地汇聚而来，在平原上勾勒出蜿蜒的轨迹。

秋冬之交，南部的丘陵和平原还只是铺洒着薄薄的白雪，北部的群山身披的积雪已然厚重。凛冬将至，这里很快就要被冰雪完全覆盖。而当春天到来，冰雪消融，那时候的河流又该变得汹涌有力了吧。

这片不被耕耘的土地，就这样默默地经历着时光，随季节更替变换着容颜。

云起

连绵的山丘在一望无际的高原上微微隆起，没有植被的遮掩，土地和岩石素面朝天，完全地裸露着。

朝阳刚刚升起，倾斜着照耀大地，山丘呈现出红褐本底与藏蓝阴影夹杂相间的颜色。

初冬的季节里，草木不生的山丘已日渐被白雪覆盖。积雪吸取着朝阳的光线和能量，有些融化了，在谷底汇聚，形成蜿蜒穿行的河流，闪耀着银色的光。有些山脊和边坡的雪直接升华，又迅速在寒冷的空气中凝结成团，于是白云就从雪顶升腾而起，随着风向空中飘去。

飞翔

山峰

　　大地的神力辅以漫长的岁月，在坚硬的群峰之间打造出棱角分明的顶峰和陡峭的悬崖谷地。

　　高原的阳光更具威力，寸草不生的深褐色峰群几乎没有能力抵挡。萦绕山峰和充盈山谷的晨雾，已经被刚刚才升起的朝阳扫荡得所剩无几，峰顶起伏的棱角历历在目。

　　冰雪消融刻划的纵深沟壑，从陡峭的悬崖边坡一直滑向深不见底的幽谷。

　　现在的时节还只是深秋与初冬的交接，有些顶峰已经披上了白雪，随着冬季的深入，这里就该是完完全全的冰天雪地了吧。

群山（一）

　　与南部的丘陵一样，这些山脉完全没有植被，袒露着红褐的基调与藏蓝的阴影。越往北走，群山身披的积雪就越厚重。

　　一条条雨雪汇成的溪流在山谷中蜿蜒，又在低洼的谷底聚集成河，闪耀着银色的光芒。蒸腾的水汽在寒冷的空气中凝结，形成密集的云团，在空中翻腾，久久不曾离去。

　　草木不生的高原山区寒冷而贫瘠，这是缺乏滋养的无机世界，对生命而言太过艰辛。但这些水流的聚集，又让刚硬的土地变得柔和，仿佛拥有了绝处逢生的力量。

群山（二）

藏青色的群山层层叠叠，一直伸展到遥远的天际起伏的地平线。

这是平缓的高原上十分突兀地隆起的一大片山脉，连绵的峰群身披白雪，与深色的山体构成清晰而强烈的反差。

山脉的起伏如此生硬，峰群坚实如钢浇铁铸，棱角分明如刀砍斧凿，群山之间陡峭的幽谷更是深不见底。浓重的雾气充盈着宽大的深谷，即使高原上独特的猛烈阳光也难以将它们驱散。

广袤的青空里，云团就直接在寒意凛冽的群峰之巅凝结而成，升腾而起，朝着空中汇聚、飘荡。

飞翔

云层

　　头顶和脚下都是厚厚的云。飞机在高低云层之间巡航，总有些夹缝中行走的压抑，就连发动机的轰鸣和脚下的震动也显得更加沉闷。

　　高空中强劲的风撕扯着云团，远处的云逐渐变得稀薄松散，终于让出了一块块蓝色的天空，仿佛打开了一扇扇可供自由呼吸的窗。

　　刚烈的阳光闪耀着炫目的金黄，从高层云海的间隙倾洒而下，在云层之间变幻着明暗交替的光影。泻落的光华炙烤着低空云层铺就的平原，仿佛要将它煮沸、锻化，洞开前往大地的通道。

云海

　　云层的上方总是一望无际的蔚蓝天空，大地被遮挡，时隐时现。密集的松散的云在空中飘荡，被大风推搡着，拉扯着，变幻着形状、间隔和灰度。

　　云层间隙渗透出来的金色，是午后的斜阳赋予大海的颜色。海面不再是常见的蓝绿，时隐时现的金色成为海洋的颜色，藏青色的影子则是大陆和岛屿。在一些间隙中，水面上金光闪耀的波纹都清晰地呈现着。

　　当天空在脚下时，不仅眼睛已无法衡量高度和距离，就连天空原有的定义也被放弃了。

云天

　　高层云的上方，明媚的阳光无遮无挡地照耀着广袤无垠的天空。浩瀚的云海铺就的原野上，陡然耸立着形状各异的巨大云团，如同巍峨的群山。

　　另一架飞机也在云海上方飞行。能超越高云层航行的一般是大型飞机，但在云之山脉这样的庞然大物面前，却又实在太过微不足道，若非仔细辨认，恐怕已将它遗漏。透过对面的舷窗看到的这边的场景，想必也是一样吧。

　　再往上，云层散布得更加广阔，越高远就越稀薄，最终都弥散在无边无际的蓝天。

飞翔

天空之镜（一）

聚散离合的云模糊了陆地、海洋与天空的界限，远方隐约起伏的云之山脉，消融在雾气蒸腾的天平线。

形如实体的洁白云层连绵不绝，构成一望无际的高空雪原。云层涌动，将明暗深浅的蓝色分割包围，创造出一片片壮阔的天空之湖。随着厚薄变幻灰度的云团，化作了湖中飘浮的滩涂和岛屿。

　　湖面平滑如镜，只有白色与蓝色的渐变在阳光中交织。

　　从湖面和雪原蒸腾的迷雾中升起、越高远就越是蓝得幽深的，是那不得不重新定义的天空。

天空之镜（二）

浑然天成的高空之湖除了灰白与蓝色，别无他色。没有陆地上的万物就没有参照，眼睛也失去了衡量距离的能力。

不知何时，一架白色飞机闯入了湖域，在地面上显得巨大的航空器，此时却渺小得几乎被遗漏。然而正是它的存在，更彰显出这一片片难以估量的虚空湖面如此辽阔。

这些神秘的湖泊看起来深不可测，却又是完全没有厚度的彻底的空旷，仿佛是在莫名的虚空分界形成的天空之镜，同时映射着独具魅力的蔚蓝星球和深邃无边的外域空间。

飞
翔

天路

夕阳逐渐低垂，眼看就要坠入云海，天空的蓝色越发深沉浓郁。高层的云团已随风散去，松散或紧密的云变幻着灰度，在空中拉扯着，飘荡着。

东方的天空已经陷入灰黑的夜色，西沉的斜阳还在闪耀着强烈的金光，熔化了远端的云团，金黄的余晖斜洒在低空云层筑就的平原上。

云层上只能通过颜色的变幻与明暗的交接，分辨边界。紧密的云用深沉的暗影，在灰黑向金黄渐变的云层大陆上构筑起一条漫长的通往夕阳的天空之路。

飞
翔

日落

西沉的夕阳只余下最后的一小片圆顶，云海已经陷入浓重的夜的黑。大地在重重夜幕的笼罩之下，完全地隐匿了。

夕阳即将沉入云海，却又仿佛在压迫着它，让它不堪重负一般凹陷下去。通红的光芒镀在云海筑就的天平线上，为它蒙上了热血涌动的神采。

阳光已不同于日间那样猛烈、刺眼而霸道，但这温和而内敛的光辉，却越发透露出难以言喻的深沉厚重，展现着更为强劲的渲染力，将层层叠叠的云层浸透了金黄、橙红与深红交织渐变的霞光。

无关主体

有一种美叫作极简主义。一个人、一棵树、一朵花，甚至一块石头，衬以简单依稀的背景，将主体烘托到突兀的程度，撞进眼帘的第一瞬间就能激起强烈的视觉冲击。

落日的天际，简单得连主体都已失去，只剩下最后的颜色。

夕阳刚刚坠落，金色的余晖还映在天空，云海却已陷入迷茫的夜色。灰黑的天平线上，是金黄向蓝色过渡的渐变，越往高远，这蓝色就越深沉，一直伸展到遥不可及的广袤空间，而那幽深未知的远方，只有无尽的墨蓝。

飞翔

结语

它们来到这里，它们驻留这里。

它们就在那里，它们无处不在，

但它们终将消解，就像它们不曾存在一样。

它们甚至并不知道，它们是否曾经属于它们自己。

行者来去匆匆，一世不过一时。

故乡还在那里，故乡无处不在，

但他们亦将离去，就像他们不曾来过一样。

他们同样并不知道，他们是否曾经属于他们自己。

它们从未属于他们。

以为有所得者，最终亦无所得。

不如这样吧，

将它们交还这个世界。